するべきことは何ひとつ

モノ・ホーミー

長湯文庫

添い寝

夜、眠っているといろいろなものが勝手に入ってくる。はじめは猫だった。

眠っているときに何かふわふわとした柔らかく暖かいものが肌に触れて、びっくりして飛び起きた。布団をめくると猫がいた。おい、お前一体どこから来たんだ。にゃあ。勝手に入ってきたりして、驚くじゃないか。にゃあ。そこをどいてくれよ、一体どこの猫なんだい。にゃあ。全く埒があかなかった。どうしても、と言うのなら今晩は仕方ないけれど、朝になったらきちんと家に帰るんだぞ。にゃあ。

翌朝、目が覚めると布団の中に猫はいなかった。わたしは安堵した。しかし、その夜眠っていると再びふわふわとした柔らかく暖かいものが肌に触れ、びっくりして飛び起きた。布団をめくると猫がいた。おい、お前また来たのか。にゃあ。勝手に入ってきたりして、困るよ。にゃあ。やはり埒があかなかった。

わたしは猫と眠り、朝になると猫はいなくなっていた。これが夜毎に繰り返され、気がついたら猫はいつの間にか増えて三匹になっていた。お前たち、本当に勘弁してくれよ。にゃあ。にゃあ。にゃあ。

しかし、これが猫のうちはまだよかったのだ。そのうち犬がやってきて、亀がやってきて、ハムスター、猿、インコ。金魚が来たときはさすがに面食らったが、わたしもだんだんと状況に慣れて、少しくらいのことでは驚かなくなっていった。

日によって何が来るかはまちまちで、猫が一匹の日もあれば、布団の中がぎゅうぎゅうになってしまうような日もあった。わたしはいつも、その日やってきたものたちと、ひとつの布団で眠った。いちいち布団を剥がして確認したりもしなくなった。どうせ来るものは来るし、朝になれば必ず姿を消しているのだから、そんなことより自分の睡眠が大事である。

起こってほしいことはなかなか起きないのに、こんなことがなければいいと思っているようなことに限って起きてしまうものである。わたしが眠っていると何者かがわたしの体を揺すり、叩き起こした。

何を悠長に寝ているんです。起きてください。四十代半ばくらいの男がわたしの横で、布団の上に座っている。どうしてこんなことをするんです、元に戻してください。何を言っているんですか、わたしは何もしてやいませんよ。ああ、ついにこの日が来てしまった。いつか人間が来るんじゃないかと思ったんだ。やめて欲しいのはわたしの方です。あなたがわたしの布団に勝手に入ってきたんじゃありませんか。わたしはそんなことしません。あなたの布団に忍び込んで一体どうするって言うんです。する理由がありませんよ。どういうわけか知らないが、あなたが眠っているわたしをここに連れてきたんだ。

それこそ、そんなことをしてどうするって言うんです。わたしは毎夜いろいろなものが布団に入ってきて全く迷惑しているんです。

毎夜？　勝手に？　そうですよ。はじめは猫だったんです、それがどんどんいろんなものが来るようになって、ついにあなたが来たわけだ。ついにってね、来たくて来たわけじゃないんだ。こんなところに連れてこられてわたしだって迷惑してるんだから。

まあ、でも安心してくださいよ、朝にはいつも元通りなんだ。みんな消えてしまっている。きっとあなたも目が覚めるのは自分の布団の上ですから。朝になると勝手に元の場所に戻っているということか？いえ、確かめたわけじゃないけれど、また別の日にここにやって来ることもありますから、きっとそうなんじゃないかと思いますよ。だからあなたも眠ったほうがいい。夜更かししても仕方ないから。

何度も来ることになるということか、冗談じゃない。きちんとわけを調べて食い止めないと。

全くやっぱり思った通りだ、眠れやしない。いつか来るとは思ったが、これだから人間が来るのは嫌だったんだ。いつか？思った？わかったぞ、やっぱりあなたが呼んでいるんだ。そんなことを考えるから、こんなことになるんだ。何を無茶なことを言うんです。わたしにそんな力はありません。喚いてどうなるんです。ああ、ほら猫も目を覚ましてしまった。にゃあ。眠った方がいいですよ。体に毒だ。あなたと？　この布団で？　他に何があるんです。さあ、わたしは眠りますから、あなたもそうしてください。

男ははじめぶつぶつと文句を言っていたが、最後には布団に潜り眠った。朝になると、やはり皆消えていた。この男はその後も時々布団の中にやってくる。今では慣れたもので、お互いに特に気にせずに眠りにつく。

さて今夜は何と眠ることになるのやら。

太陽の多頭飼い

わたしは自宅で三匹の太陽を飼育している。太陽の多頭飼いは法律で禁止されているので、これは秘密である。そして、三匹のうち二匹は自作した太陽だ。太陽を飼育することはかなりポピュラーになってきていて、多くの人が自宅に太陽を浮かばせているが、それらは人工太陽量販店で購入したものだ。ところが実は太陽は材料さえ手に入れればとても簡単に作ることができる。ただし、多頭飼い同様、個人が勝手に製造することも禁じられている。

幸いわたしは自宅でできる仕事をしており、めったに外出することはない。太陽一匹であれば何ら問題が起きることはないが、多頭飼いをしていて万が一太陽同士がぶつかってしまった場合、大事故が起きる恐れがある。だからいつでも自分がいる部屋で、太陽に万が一のことがないよう観察している必要があるし、ごく稀に家を空けるときには、一匹を残し、残りの二匹は専用のケースに一匹づつ格納して鍵をかけておく。こうしておけばとりあえずは安心だ。

厳密には生き物ではないのでこういう言い方は適切ではないかもしれないが、太陽はとても人懐こくて愛らしいので、ペットとして人気がある。本物の太陽のように熱くはなく、しかし明るく輝いて、部屋の中に華やぎを添える。基本的にはただ浮かんで光っているだけなのだが、呼びかけるとそれに応じて光り方に変化が生じたり、フレアを起こしたりする。

また、太陽は育てることができる。長い期間飼育すると部屋のチリを集めて太陽系を作り始めるのだ。わたしの部屋でもいつも出しっぱなしにしている一匹が小さな星系を作り始めている。残念ながら残りの二匹はケースへの出し入れをする度に系が崩れてしまうので、今はそれぞれ太陽だけで浮かんでいる。いずれ広い家に住むことができたなら、自宅内に三つの太陽系を育てること、これがわたしのささやかな夢である。

太陽系が大きく育つと、そこで発電ができるようになるらしい。安定的なエネルギーを得るためには時間をかけてじっくり成熟させねばならないが、中には家中の全ての電気を太陽系で賄っている人もあるそうだ。わたしの太陽系はまだ幼く、せいぜい気まぐれに懐中電灯を光らせる程度だが、順調な成長を実感できることが嬉しい。

太陽からエネルギーを得ることがもっと一般化すればいい。昨今のエネルギー供給に関する問題など、たちどころに解決するだろう。そのためには自作と多頭飼いが解禁されることが不可欠だ。事故は危険だが、取り扱いにさえ気を付ければ安全だ。いずれは技術が進展し、そんな日が必ず来るであろう。その頃にはわたしの三匹の太陽系も大きく成長しているはずだ。今はまだ公にはできないが、来たるべき時のために太陽製造の方法を洗練させ、技術を磨いていくつもりだ。

収集家から聞いた話

世の中にはいろいろなものを集める人がいるものだが、収集家だというその人に、あなたは何を集めているのかと問うと「これは秘密なんですが、」と言ってこんなことを打ち明けてくれた。

曰く、魂を集めているのだと言う。「え、魂」とわたしが言うと、その人は「そうです、魂です」ともう一度言った。「ちょうどさっき集めたものを持っているんです、見ますか」

この人は今、誰かの魂を持っているのか。わたしはびっくりして、慌てて首を横に振って辞退した。「あの、でも、どんなものなんですか、魂というやつは」見るのは怖いが気にはなる。するとその人は笑って、「ああ、でも魂ぜんぶを集めるわけじゃあないんですよ。そんなことをしたら死んでしまいます。ほんの少し、分量で言うと爪の先くらいなものです」と言った。魂は少しくらい掻き取ったからといって死んだりはしない、命には全く別状がないということなのである。

その人はおもむろにポケットから親指くらいの長さの、蓋つきの円筒状のガラス容器を取り出してわたしに見せた。「え、これが魂」透明なその容器をじっと見つめてわたしが言うと「いえ、これは空の容器です。これに入れておくんですよ。先程、見たくないと仰ったので。やっぱりご覧になりますか」

わたしはびっくりして、再び慌てて首を横に振って、もう一度辞退した。その人はにこりと笑うと、容器をポケットに戻した。

「どうしてそんなものを集めることになったんですか」

「最初はたまたまだったんです。ある日、帰宅して上着を脱ぐと、その上着にその日会っていた人の魂がくっついているのを見つけました。わたしもそのときはじめてだったのでびっくりして、とりあえず保管することにしたんです。気が付かなかったとはいえ、勝手に持ち帰ってしまったのは悪かったなと思って、次に会ったときに本人に返そうと思ったんです。でも返すといっても、なんと言って返せばよいのやら、返された方も困るかもと思いはじめて、ついついそのままになってしまいました。そうしているうちに、その後も別の人の魂を持ち帰ってしまうということが何度かあったんです。これが少しずつ増えていって、収集が始まりました。そのうちに嵌ってしまって。今では積極的に集めるようになりました。もちろん本人に断って集めるようにしています」

「わたしは元来コンプレックスの強い方なのですが、」と前置きして、その人はこう言った。「でも、魂を集めるようになって以前よりずいぶんましになりました」

人はそれぞれ魂を持っているが、容器に入るくらいの少量ずつであればどれも大きな違いはなく、どんな魂でも美しいものと感じられるのだという。一部分とはいえ、誰もがこんなに美しいものを持っていて、わたしにも同じようにそれがあるのであれば、そう悪くはないな、と。今まで自分にも他人にも持っていた拒絶の気持ちが少しずつ和らいでいき、人に対して寛容さを持てるようになってきたのだそうだ。

その人の部屋には専用の棚があって、集めた魂が入った容器をたくさん保管してあるのだと言う。「あまり声を大にして言える趣味ではないかもしれませんが、でもみんなもっとやったらいいのにと思います。人を支配するような趣味という人もいますが、全然違いますよ。こんなに平和で、簡単な方法で自分や他者を受け容れられるようになるんですから。これをする人が増えれば、もっとみんなお互いを尊重して優しくできる世の中になるんじゃないかな」

魂を交換し合う世界、素敵だと思いませんか。その人は終始穏やかな調子で微笑みながら、そんなことを言っていた。

以上が魂を収集する人から聞いた話である。

ぬるい海

今となっては笑い話だけれど、あのときはみんな真剣で、ちっとも冗談なんかではなかった。だけど、少し立ち止まって、冷静に考えてみたらわかるよね。まあ、あれだけ暑ければ、冷静でいられる人の方がどうかしていたのかもしれない。

あの頃の地球は本当に暑かった。ただ暑いだけじゃない、どんどん暑くなっていた。北極も南極も残っている氷は、ほんのひとかけら。ひたすらに暑く、どこもかしこもじめじめの水浸しだったんだ。これだけ暑いと水もほとんどお湯か、せいぜいぬるま湯だ。それでどうにも困ってしまったのは、不衛生だということだった。

ぼくたちは知恵を絞って考えた。そして出てきた結論が、笑わないで聞いてくれ。水をいったん月へ送って、そこできれいに浄化してから、再び地球に戻すという方法だったんだ。

これを思いついたときには、みんな歓喜したものさ。浄化を月でするというのが画期的だ。月でやれば、月に送っているあいだ地球の水を減らせるし、宇宙はとても寒いからこのぬるい水を冷やすことさえできるんだ。なんていい考えだって、これで何もかも解決すると誰もが本気で思ったんだ。

それでぼくらは月に巨大な浄化工場を建設して、地球のあちこちからそこへ、長いパイプを繋いだんだ。しばらくはうまくいっていたよ。おかげで地球もいくらか住みやすくなったものだった。だけどそんなことはほんの束の間。次々と不具合が起きて、あるときパイプが一気に抜けて、ぼくたちの頭の上に、これまで経験したことがないくらいのとんでもない大雨がどっさりと降ってきた。とてつもない量だった。何日も何日も降り続け、せっかく乾きかけていた地球は元通り以上の水浸し。

それでぼくたちは悟ったんだ。どうにか地球で生き延びようとがんばってはみたけれど、これはもう限界なんだって。

はじめからそうすればよかったよね。ぼくらは月へ引っ越した。月に向かう船から見た、最後の景色はよく覚えているよ。あの忌々しい水浸しも、遠くから見ればどこまでも続く大きな海で、陽の光を浴びてきらきら輝いていたのが、なんだかとてもきれいに見えたんだ。ぼくたちが月にいるうちに、相当長くかかるかもしれないけれど、地球もそのうち落ち着いて、本当にきれいになるといいよね。

ここの暮らしはとても良い。地球は最悪だったけれど、海を見られたのはよかったな。ねえ子どもたち、君たちもいつか、海を見られる日が来るといいね。

真夜中のお茶会

昨晩わたしが部屋でクロスワードパズルを解いているとき、彼らはやってきました。彼らとは実体化した1、実体化した2、実体化した3、実体化した4、そして実体化した5です。

実体化した数字に会うのははじめてでした。5が手土産にチョコチップクッキーを持って来ていたので、わたしは温かいココアを淹れて彼らをもてなしました。

まずミルクを小鍋に移し、火にかけます。それから缶から取り出したココアと砂糖を混ぜ、ミルクを少量加えてよく練り、温まったミルクをたっぷり注ぎました。1、2、4、5はそれを喜んで受け取りましたが、3はココアは苦手だと言ったので、夕方に淹れてサーバーに残ったまま冷蔵庫にしまっていたコーヒーを氷に入れたグラスに注ぎ、ミルクで割って渡しました。

わたしたちはそれらを飲みながら、チョコチップクッキーを食べました。2はどうやらチョコチップが嫌いなようで、クッキーから器用に外して食べています。そのチョコチップが皿の隅にいくつか溜まると、隣の隣に座る4は自分の皿に移して食べます。でも4も、間に挟まれた3もそのことについて何も言わなかったので、彼らはきっといつもそうしているのでしょう。1はしきりに、このチョコチップクッキーはシナモンの香りが効いているからうまいのだ、ということを話していました。

わたしが今日はどうしてこちらへいらしたのですか、と尋ねると、5が立ち上がり、緑色の手を差し出して握手を求めてきました。わたしたちは、あなたのおかげで実体化することができたのです。すると、チョコチップクッキーを両手に持ってシナモンの香りを堪能していた1が顔を上げ、赤色の手を差し出して言いました。そうです、あなたにはぜひともこれからもパズルに精を出していただきたい。2も3も4も立ち上がって色とりどりの手を差し出し、口々にありがとう、よろしくと言いました。

わたしは彼らひとりづつと握手をし、わかりましたパズルをします、と言いました。すかさず2がクロスワードパズルだけでなく、いろいろなパズルを頼みます、と言うので、わたしはそうします、と答えました。4が、他のパズルに取り組むのは今のパズルが終わってからで構わないと言って、わたしはまた、そうします、と言いました。今はまだ1、2、3、4、5だけしかいないけれど、わたしがたくさんのいろいろなパズルを解くほど彼らの友だちも実体化することができるそうです。

次に来るときはもっとたくさんの友だちを連れて来ます、と4が言うので、わたしはそのときはチーズケーキを焼いておきます、と言いましたが、1が悲しげな顔をするので、やっぱりアップルパイにします、と言い直しました。5はわたしにもう一度お礼を言い、1もにこにこと笑いました。その間2と3は、2の横柄な態度に3がケチをつけて小競り合いを始めていましたが、それを4がたしなめているようでした。

夜明け前、彼らは帰って行きました。わたしは部屋に戻り、クロスワードパズルの続きに取り掛かったのです。

やりたいこと採掘場

「最近の子は、自分で自分が何をしたいか考えないとならないから大変ね」

洗い終えた皿をふきんで拭いながら母さんは、食卓で、なかなか埋まらない進路希望用紙に取り組むわたしにそう言った。

「昔は違ったの？」

わたしは手を止めて尋ねてみた。

「母さんの頃はまだやりたいこと採掘場があったからね。知らない？　やりたいこと採掘場」

「聞いたことある。母さんも行ったことあったんだ」

やりたいこと採掘場とは、かつて全国に広く設置されていた国営の施設だ。ただし今はもうひとつも残っていない。わたしが生まれる頃にはほぼ全てが閉鎖されていたと聞いている。

「それは、あるわよ。ない人の方が珍しかったんじゃないかしら」

「どんなところなの？　楽しかった？」

「楽しいわよ。なにせ素敵なものがたくさん埋まっているからね。すごくワクワクする場所だったわ」

やりたいこと採掘場は一見ただの石の山だそうだ。しかしこの石のひとつひとつに、人間のしてきた大小様々な事業の記録が刻まれている。やりたいこと採掘場を訪れた人は、石の山を掘り進め、これぞという石を自由に持ち帰ることができる。たくさんの事業の石を見比べて、自分がやりたいことを見極めるのだ。たったひとりの狭い了見から思いつくことなど、たかが知れたものである。より良い結果を残すためには先人に学ぶべきだが、他人から押し付けられるのではなく、自ら探し当てるのでなければ自分がやりたいこととは言えない。

やりたいこと採掘場のルールはシンプルだ。自分で掘った石を持ち帰ること。これさえ守ればいくつ持ち帰っても構わない。やりたいことは、たくさんあればあるほど良い。組み合わせれば合わせるほど、他の誰のものでもない、自分だけのやりたいことになる。ただし、注意すべきことがある。ひとつ石を拾うために、これまでやっていたことをひとつだけ、自分でも気が付かないうちにやめてしまうのだ。やめてしまったやっていたことは新しい石となり、やりたいこと採掘場の石の山にひっそりと加わる。

「それが問題になって閉鎖になってしまったのよね」

母さんは言った。

「採掘場には本当に素敵な石がたくさんあるの。だからひとつ拾って何かやめてしまっても、拾ったものの方がずっといいものだから普通はどうってことないのよ。何をやめたのかは自分でも忘れてしまうしね。だけど、時々どうしても行かないって言う人がいてね。それって、その人が採掘場にあるよりもっとずっと素敵なやりたいことを持ってるっていうことでしょう。それが何なのか気になるし、できれば自分がやりたいっていうのが人情だから」

皿を拭き終えた母は、食卓の、わたしの向かいの椅子に腰掛けて、両手で包んだ水のグラスをくるくると揺すって、揺れる水面を見るともなく見つめながら話している。

「どういうこと？」

「つまりね、行きたくもない人を無理矢理連れて行って石を拾わせちゃうの。それからどこかに加わった新しい石をみんなで探すのよ。そういうゲームが流行ったの。だから行きたくなかったとしても、それは言わずに行って、一緒に石を拾うふりをして…まあ、バレちゃうんだけどね」

「それは酷いね。その人はどうなっちゃうの。かわいそう」

「でも、石の山にはいくらでも素敵な石があるから。さっきも言ったけど、やめちゃったことが何だったのか忘れちゃうから、みんな最後にはもっと素敵な石を探すことに夢中になってそんなことはどうだってよくなるのよね」

忘れちゃったこと、いつまでも気にしても仕方ないじゃない？と笑顔で言う母を見て、わたしはなんとなく、質問するのはやめにした。どんな石を拾ったのか、聞いてみたいと思っていたのだけれど。それからしばらくして、母は思い出したようにこう言った。

「そういえば、交番の角の公園、あそこには昔、採掘場があったのよ。進路希望用紙、どうしても埋められないのなら、連れて行ってあげようか？まだ何か素敵な石が埋まっていたりしてね。もしかしたら、だけどね」

ドッペルゲンガーに出会うには

ドッペルゲンガーに会うのは簡単です。

鏡の前に立ち、おでこを鏡にくっつけてください。その時あなたはすでにドッペルゲンガーに会っています。そしてその瞬間、同時にドッペルゲンガーとあなたは入れ替わっているのです。

全然そんな感じはしないかもしれませんね。それもそのはずです。入れ替わっているのはあなたと地球上のどこかにいるドッペルゲンガーの意識です。体がそこにあるまま、鏡を介して入れ替わる。あなたの記憶はあなたの体にくっついていますから、全く同じ、瓜二つの間柄であるあなたとあなたのドッペルゲンガーが入れ替わっても、あなたはおろか、周囲の誰一人として気が付くことはないでしょう。

ドッペルゲンガーに会うとどうなるのか？　あなたがあなたのまま、あなたではなくなる。方法はとても簡単。試してみてはいかがでしょう。

輝星管理局

こちらは輝星管理局です。

生きていると辛く悲しいことがたくさんありますね。いつでもわたしたちを支えてくれるのはささやかな幸せ、小さな喜び、昔の楽しい思い出たちです。けれど大きな辛い出来事を前にすると、それらはあまりに儚なく頼りなく、すぐに掻き消えてしまいそうです。わたしたちにはもっと強く導く光が必要なのです。

どんなときにも心の拠り所を失ってしまわないために、わたしたちは星をご提案しています。

空に輝く星が失われることはありません。いまはうまくはいかないけれど、そうだわたしにはこの星があった、この星さえあればわたしは生きてゆける。そんなふうに、夜空に輝く星が遠く彼方からいつでもあなたを照らし、苦しみから解放してくれるはずです。

輝きが足りないときは輝星管理局までお申し付けください。わたしたちがネオンの輝きに負けないくらい、星をギラギラギラと輝かせてみせましょう。

都市の明かりよりなお明るい、わたしたちの威信の星で夜空を光で満たしましょう。遠い星の強い光にいつでも寄る辺を求めましょう。わたしたちにはもう、確実なものといえばそれくらいしか、残されてはいないのです。

あたたかいスープ

わたしは毎日、妖怪の作ったあたたかいスープを食べて眠りにつく。すると、どんなに疲れて帰ってきても、翌朝にはすっきりと目覚めることができるのだ。

朝、わたしの家に妖怪の姿は見当たらない。わたしはシャワーを浴び、着替えて仕事へと出掛ける。

夜、帰宅すると妖怪は玄関でわたしを出迎えて、このように言う。

「お帰りなさい。お疲れでしょう。食事の支度ができていますよ」

そしてわたしは食卓につき、妖怪の作ったあたたかいスープを食べる。スープには具と呼べるようなものは入っていない。何もかもがとろとろに溶け込んだポタージュスープである。といっても何が溶け込んでいるのかは知らない。わたしはこのスープに関する一切を妖怪に任せ、関与しないことにしている。

そもそもわたしが依頼したというわけでもなく、勝手にやって来た妖怪が、勝手に始めたことである。口に合わないということならともかく、わたしがとやかく言うようなことではない。

これは最初からそうだった。いつからだったか、今となってははっきり覚えていないが、わたしがいつものように帰宅したある日、妖怪は家にいて、わたしの帰りを待っていた。そして玄関でこう言ったのだ。

「お帰りなさい。お疲れでしょう。食事の支度ができていますよ」

その日、わたしの冷蔵庫には食材らしいものは何も入っていなかったはずである。その日に限らず、いつだってそうだ。わたしは冷蔵庫を用意してはいるが、そこに食材を買ってきて詰め込んでおいた試しなど一度もない。これは今でも変わっておらず、スープの材料は妖怪が勝手に自分で用意しているのだろう。

わたしは妖怪に導かれるまま食卓につき、黙ってあたたかいスープを食べた。

それから毎晩欠かさず、妖怪はわたしを玄関で迎えて、食卓につかせ、あたたかいスープを食べさせている。そしてすっかり食べ終えるとこのように言う。

「これでもう大丈夫。安心しておやすみなさい」

わたしは芯まで温まり、ぐっすりと眠ることができる。朝になると何もかもがすっかり片付いており、冷蔵庫は空で、妖怪の姿は見当たらない。わたしはベッドを抜け出してシャワーを浴び、着替えを済ませ、仕事へと出掛けていくのである。

苔の思い出

遺跡が発見されたとき、その全体はびっしりと苔で覆われていた。深い森の奥で誰の目に触れることもなく長い時を過ごしてきた証だ。こんな場所で、いつどんな人々が、どのように生活していたのだろうか。宗教施設か、集会場か、苔に包まれていて見ることはできないが、その大きさから、この遺跡は何か重要な建造物であるに違いないと考えられた。

ともかくこのままの状態では中に入ることができないばかりか、どこに入り口があるのかすら不明である。調査のためには、ひとまず苔を取り除かねばならない。

ところが、調査団が慎重に苔を除去する作業を進めていった結果、そこにあったはずの巨大建造物はみるみる小さくなってゆき、ついにはなんということもない、ただのつまらない石ころがひとつ残された。苔は幾層にも折り重なっていた。剥がしても苔、剥がしても苔、巨大建造物の遺跡と思われたものは、積層した苔の塊だったのである。

それでも調査団は望みを捨てず、石ころを持ち帰ってさまざまに鑑別を試みた。もしかしたらただの石ころではなく、何か珍しい貴重な石ころなのかもしれないと考えたのだ。しかし努力の甲斐むなしく、石ころはやはりごく普通の石ころでしかなかった。多くの人の期待を背負い、たくさんの支援に支えられて行われた発掘調査は完全に失敗に終わり、調査団長の研究者は責任を負わされ、学会を追放された。

わたしはこの調査団にボランティアとして参加する学生であった。まさに遺跡と思われる塊から苔を剥がす作業を担当していたわたしは、このときほんの思いつきで、小瓶に剥がした苔を少量入れて持ち帰った。

実のところ、苔こそがこの遺跡の本質であったと知ったのは帰宅してしばらく経ってからのことであった。ある晩、苔はわたしにこう言った。

「わたしたちはあの場所で、長い間協力して暮らしてきました。あなたたちが生まれるよりずっと前からです。苔でいることをやめたものは皆、滅んでゆきました。あなた方も大昔わたしたちと同じだったのに、苔でいることをやめたせいで、滅びの道を進んでいます。愚かな人よ、わたしたちの邪魔をするのはやめなさい」

苔が語りかけてくるなんて！　何を言っているのか不明だが、大変なことが起きているのには違いない。誰もが遺跡に夢中で、剥がした苔は全て枯れてしまって、残っているのはわたしの手元にある分だけのはずである。

わたしは追放された調査団長の行方を探し始めた。このことを伝えなければならないと思ったのだ。苔は毎晩、わたしに話し掛けてきた。彼らもまた、この事実の公表を望んでいるようだったが、肝心の調査団長の行方をわたしはなかなか見つけることができなかった。

しかし結局、それには及ばなかったのである。わたしの不注意で、ある日苔を枯らしてしまったのだ。水をやったあと、よく日のあたる窓辺に瓶を置いて出かけて帰ると、瓶の中はサウナのように蒸され、苔は全滅してしまっていた。もはや手掛かりは何もない。わたしは諦めた。今となっては、苔も遺跡も、学生時代の良い思い出となっている。

雲の赤ちゃん

月曜日の学校帰りにわたしたちが行ったときにはもう、雲の赤ちゃんはでろでろのぶよぶよになってしまっていた。わたしたちは気味が悪くなって、それから二度と一緒に空き地に行くことはなかったし、みんなで帰るのもやめてしまった。

いや、一緒には行かなかったけれど、わたしは実はその後、そこへ何度か、ひとりでこっそり見に行っていた。あのふわふわのもこもこで可愛らしかった雲の赤ちゃんが、また戻って来やしないかと思ったのだ。でもそんなことはなくて、でろでろのぶよぶよは何度見に行っても雲の赤ちゃんとは程遠く、訪れる度にだんだんと風化していって、そのうちに何もなくなった。

前の週の月曜日の帰り道に、わたしたちが拾った雲の赤ちゃんはまっしろのふわふわでとても素敵だった。わたしたちは自分たちの手でこの子を育てることにしようと話し、その週は毎日帰りがけに赤ちゃんに会いに行った。一人だけ、それは雲の赤ちゃんなんかじゃないと思う、と言って帰って行った子がいたけれど、わたしたちは気にせず、交代で赤ちゃんを撫でたり抱きしめたりしていた。触るととっても優しい、いい気分になれる雲の赤ちゃん。雲は水滴の集まりだからそんな風に触れるわけないんだよと言って帰って行ったその子のことを、かわいそうだね、こんなにかわいい赤ちゃんなのに、とわたしたちは残念がったけれど、それより何より目の前の赤ちゃんに夢中でその子のことなんてすぐに忘れてしまったのだ。

その子のことだけじゃなくて、雲の赤ちゃんに触れていると、わたしたちはどんどんいろんなことを忘れられた。その一週間は自分たちまで空に浮かぶ雲になったみたいにふわふわといい気分で、実際いつも帰りの電車では悪口や文句ばかり話していたのに、赤ちゃんと遊んだ後には全くそんな話にならなかった。

わたしたちは電車に乗って通学していた。学校が私立の小学校だったから、みんな別々の街から電車で通って来て、週末はばらばらに過ごした。だから金曜日の夕方は、また来週ね、と赤ちゃんに告げて帰ったのだ。そして月曜日の放課後には、赤ちゃんはでろでろのぶよぶよになっていた。

一週間一緒に赤ちゃんを育てていた子たちとは疎遠になったけれど、それから四年も経って、あのとき雲の赤ちゃんじゃないと言って帰った子と、わたしは再び仲良くなった。もう中学生になっていたし、雲の赤ちゃんの話をすることはなかった。この子とは今でも仲が良い。夏には一緒に海で遊んだ。大きな入道雲や、沈んでいく太陽を見て、この子と仲良くなれてよかったなあと、しみじみ思ったものである。

この子と一緒にいるときは、わたしはいつでも豊かで優しい気持ち。まるで雲の赤ちゃんを抱きしめていたときみたいだ。でろでろのぶよぶよになってそのうち風に乗って消えてしまった雲の赤ちゃんは、四年かけてこの子になり、わたしだけのところに帰ってきてくれたのかもしれない。

わたしの素敵なおともだち、いつまでもずっとそばにいてね。

三七兆個

あなたはおそらく、ご自分の体ひとつに、たったひとつの魂が備わっているというふうにお考えかもしれませんね。ところがそれは誤った考えです。魂というものは、体ではなく細胞に宿っているのです。たくさんの細胞ひとつひとつに宿った魂の総体が、あなたという立体的な人格をかたち作っているというわけです。

そこであなたにぜひご協力いただきたいことがございます。何も難しいことではありません。あなたの細胞、つまり魂をほんの少し分けていただくことはできませんでしょうか。もちろん無料でとは申しません。きちんと対価をお支払い致します。あなたが生きている時間を費やしてお作りになられている大切な細胞ですから、当然のことです。

実はわたくしどもは、複数の異なる起源をもつ細胞、すなわち複数の異なる起源をもつ魂からなるひとつの人格を形成する研究をしておるのです。お一人につき一個から最大三七〇個までお買い取りさせていただきたいと考えております。一人の人間分の人格を形成するためには、実に三七兆個も細胞が必要です。あまりにも膨大な数に思わず気が遠くなるほどですが、このように上限を設けさせていただいているのには理由があるのです。

わたくしどもが新しく形成しようと目指しておりますのは、全人類の人格の総体なのです。最も人間らしく、最も表情豊かな、それでいてひとつの統合された人格です。わたくしどもは知りたいのです。真の人間らしさとはどんなものなのか、この研究が成功した暁にはそれが明らかになるはずだと確信しております。

そのためにはより多くの方から細胞をご提供いただく必要があるのです。そしてゆくゆくは、これはまだ実験段階にも至っていないことではありますが、地球上の様々な生物から集めた細胞の総体、最も地球的な人格の形成に挑みたいという夢がございます。その夢の実現のためにも、まずはぜひとも、この真の人間らしい人格の形成、こちらを達成したい、それがわたくしどもの願いです。

そのようなことが可能なのか、俄には信じ難い、という顔をされていますね。わたくしどもは既に、ある地域、ある国、といった地理的に限定された区域内でのその区域らしい人格について、複数の成功例を有しております。次元の異なる細胞を統合するための鍵は、細胞と細胞、つまり魂と魂の隙間をどのように埋めるのか、この媒質にございます。

媒質の詳細についてこの場でご説明申し上げることは、重要機密事項につき残念ながらできかねるのですが、もしご希望されるのであれば、すでに形成済みの人格たちとお引き合わせすることが可能です。何しろご協力頂くよう、こちらからお願い申し上げているのです。どうぞ、ご遠慮なくお申し出ください。彼らに一度会ったならば、あなたもきっと、真の人間らしい人格に会いたいとお思いになるはずです。

鏡が病気になった話

世界中の鏡が病気になって、すべての鏡が遅れる鏡になってしまった。遅れる鏡の前に立つと、今この瞬間の自分ではなく、きっかり三秒前の自分が映る。現実の時間より鏡の中が遅れているので、遅れる鏡と呼ばれている。どれだけ見続けても今をとらえることができないので、人は一旦鏡の前に立つとそこから動くことができなくなってしまう。鏡が病気になったせいで見たくもない自分の顔を見続けなければならなくなった人々は、次第に今、自分がどんな顔をしているかということに無頓着になり、だいたいどんな顔しているかわかればそれでよし、とするようになっていった。

鏡は役に立たないのでもはや見ることもない。自分が自分の顔をわからないように、他人もまた自分がどういう顔をしているのかわからないのだ。どうなっているか自分でわかっていないような顔なんて見ても仕方がないので、人々は顔の表情で物事を判断するのを止め、言葉によるコミュニケーションを重視するようになっていった。

相手の顔を見て判断できない部分の不安は、書類で埋める。些細なやりとりも全て記録を残し、書類に忠実に行動するようになった。このことで、表面上、争いが起きることはほとんどなくなり、鏡の病気のおかげで世界は平和になったかに思われたが、同時にそこに書かれていない、相手が一体どんな気持ちでいるのかということも気にならなくなっていった。

あるとき、突然鏡の病気が治った。人々は久しぶりに見る自分の顔に驚いた。なんて無表情なんだろう。まるでのっぺらぼうで、顔がはじめからなかったみたいだ。かつて鏡が病気になる前は、笑ったり泣いたり、豊かだったはずの表情が顔から一切消えている。内心驚いているはずなのに、その様子は全く見えない。周りを見渡してみると、どの人も皆同じように無表情だった。誰もがあまりにつまらなそうな、操り人形みたいな、何にも関心のなさそうな無表情なので、腹が立って仕方がない。今まで何もかも円滑にうまくいっていたかのように思えたのは何だったのか。心のある人間はどこにもいないのか。まるで自分が、気がつかないうちに騙され、ないがしろにされてきたのだというふうに感じられた。

溜まっていた怒りが吹き出したかのように、人々はそこかしこで喧嘩を始めた。

怒鳴り合い、ののしり合ううちに、人々の凍りついた顔が少しずつほぐれていった。相手の顔にかつてのようないきいきとした表情が戻ってきたことに気付いた人は感激し、喧嘩を止め、鏡を取り出して相手に自分の顔を見るよう促した。

鏡に映った怖い顔を見せられた人も、そこに表情のあることに感激し、相手の表情の変化にも気が付いた。皆、表情を作ることを忘れていただけで、心を失くしてしまったわけではなかったのだ。人々は互いに喜び、祝福しあった。今ではすっかりかつての表情を取り戻した人々に、鏡で自分の顔を逐一確認する日常が戻ってきたのであった。

目に見えるものの話

月に水脈と思われる筋が観測されてから五年、ついに人類二度目の月面有人探査が行われた。はじめに観測された筋はひっかき傷のような小さなものだったが、五年のうちに流れはいくつにも分岐し、大きな川のようになり、月面全体を覆っていた。

さて、宇宙飛行士らが月で目撃したのは巨大な樹だった。樹ではあるが、そこに生えているというより空間の裂け目が樹状に連なって、猛スピードで成長していた。裂け目からは水が溢れ、先端に向かって濁流をつくっていたので、巨大な樹であると共に川でもあった。そして枝分かれした川は先に行くに従って熱を帯び、沸騰し、蒸気となって、最後には熱すぎる大気が燃えさかっていた。

月の至るところで大きなうねる炎が立ち上がり、樹状の裂け目を成長させていた。樹の根本を辿って行けばひとつの源泉ともいえる根幹へ行くことができそうだったが、酷い嵐が吹き荒れており、接近は断念せざるを得なかった。

この光景を月へ行った七人の宇宙飛行士全員が目撃したが、地球に送られたデータには川でも火でも樹でもない、月にはただただ巨大な裂け目があるとしか映っていなかった。もちろん大気中の酸素も観測されなかった。

宇宙飛行士たちは、生放送時の、地球の人々のがっかりした様子からそのことをすぐに悟って、自分たちの見たものをことさら強調することはしなかった。かといって、月にやってきた自分たちだけが特別に選ばれて宇宙の大いなる存在からメッセージを伝えられたというふうにも思わなかった。彼らの理解は、つまりこれはそういうものなのだ、ということで一致した。だから地球へ帰っても、月での体験について話すことはしなかった。

こういうことは誰もが突然理解することができて、その瞬間に当たり前のことになっているような類のことだ。七人はたまたま自分たちで月へ近づいていったことで、一足先に体験したに過ぎなかった。

宇宙から帰ってきた七人は、地球でも以前では見えなかったものが見えるようになっていたが、これもその時が来たならば、誰にでも起きることだ。取り立てて驚く程のことではなかった。

それは例えばこんなことだ。樹を見つめていると、樹表の窪みから人の形をした光の霧のようなものが吹き出すことがある。この霧は近くの人間の右の耳に吸い込まれ、代わりに左の耳から出てきた別の人の形をした霧が、樹表の窪みに帰っていく。こういうことがごく当り前に、日常的に起きていた。

いずれ誰もが、理解する日が来ることだろう。宇宙飛行士たちはみな、そのように考えている。

プレゼント・ゴースト

もしもプレゼント・ゴーストに出会ったら、すべての質問に、「はい」か「いいえ」で答えましょう。プレゼント・ゴーストは失礼な人が大嫌い。とっても親切なプレゼント・ゴーストはあなたが本当に欲しいものを見つけるお手伝いをしてくれます。質問に曖昧な返事をする人は、プレゼント・ゴーストの親切心を無碍にする失礼な人。はっきり答えてくれないと、欲しいものが明確にはなりません。もしもそんな曖昧なことを言ってプレゼント・ゴーストを怒らせてしまったら…どうなっても仕方がありません。

プレゼント・ゴーストを怒らせたくないのなら、きちんと「はい」か「いいえ」で答えましょう。食べ物が欲しいですか？「はい」・「いいえ」。緑色のものが欲しいですか？「はい」・「いいえ」。硬いものが欲しいですか？「はい」・「いいえ」。大きなものが欲しいですか？「はい」・「いいえ」。

プレゼント・ゴーストの質問は次から次へと続きます。ひとつずつ答えてゆくと、あなたの答えに基づいて、プレゼント・ゴーストはあなたが本当に欲しいものを考えてプレゼントしてくれます。プレゼント・ゴーストにプレゼントできないものはありません。欲しいものがはっきりすれば、何でもプレゼントしてくれます。

プレゼント・ゴーストが考えたあなたの欲しいものが、あなたが本当に欲しいものなら、あなたはとてもラッキーです。プレゼント・ゴーストのプレゼントを、喜んで受け取りましょう。だけどもしも、あなたが本当に欲しいものではなかったら…それでも喜んで受け取るのが賢明です。プレゼント・ゴーストは失礼な人が大嫌い。今まで散々質問をして、それが気に入らないのだとしたら、あなたは質問に対して嘘を答える失礼な人。あなたが真面目に答えてきたのなら、気に入らないなんてことがあるわけがありません。もしも失礼なことをして、プレゼント・ゴーストを怒らせてしまったら…どうなっても仕方がありません。

プレゼント・ゴーストはいつでも親切で一生懸命。あなたのためを思っています。だから、あなたに届いたものが、たとえ花でも金でもコンクリートの塊でも、それがあなたが答えてきた結果なのです。プレゼント・ゴーストを怒らせたくないのなら、プレゼントは喜んで受け取りましょう。なにせ何でもプレゼントできるプレゼント・ゴーストです。ないものをあることにできるのだから、あるものをないことにするのだってわけないことなのです。

もしもプレゼント・ゴーストに出会ったら、どうすればいいのかわかりましたね。あなたにプレゼント・ゴーストから、素敵なプレゼントが届きますように！

ペーパーミュージック

博士の息子はミュージシャンである。といっても、「誰もが知っている有名なミュージシャン」というわけではなく「知っている人は知っているミュージシャン」であった。拠点としているライブハウスで定期的にライブ活動を行い、時折ゲリラ的に路上で演奏をすることもあった。それなりにファンもついてはいるが、音楽活動だけで食べていけるという程ではなかったので、活動資金や交際費の為に気楽なアルバイトをいくつか掛け持ちしたりしていた。

博士はそのこと自体は特に何も思っていない。息子の人生は息子の人生なので、好きにすればよいというのが博士の考えだった。博士自身もそうして生きてきたから、好きなだけ研究に没頭できる今の生活があるのだと思っている。なので、息子の活動に反対することなど何もないのだが、ひとつどうしようもない苦痛があって悩みの種となっていた。

というのも、息子の作る音楽がどうにも博士の趣味ではなかった。

それどころか、息子がギターで、キーボードで奏でる音、あるいはコンピューターの打ち込み音でさえ、博士にとっては不愉快としか言いようのないシロモノであった。

息子の方でも気を遣って、アンプにヘッドフォンを繋いで練習してみたりもしたが、わずかに漏れ聞こえるシャカシャカ音だけで博士は発狂しそうになるのであった。息子の活動を尊重しつつ、自分も苦しまずに済む方法はないものだろうか。こうして発明されたのが、ペーパーミュージックであった。

ペーパーミュージックとは、音声情報を紙に直接記録したものである。博士が着目したのは、音声が脳にどのような状態をもたらすのか、ということだった。人は振動を鼓膜で感受し、それが脳に信号として伝わって音を認識する。これと全く同じ状態を視覚情報で再現することが研究の焦点だった。出力されたペーパーミュージックを見ると、一音も実際に鳴らすことなくその人の脳内で音声が再現される。

ペーパーミュージックは画期的な発明だったが、残念ながら博士の悩みを解決してはくれなかった。なぜなら息子がしたいのは音楽を聴くことではなく、楽器の練習をすることだからだ。演奏した音を紙に記録することはできるが、楽器を鳴らさずに練習することはできない。博士は、音を聴かなくて済むようにと思うあまり肝心なことに気が付かなかった自分にがっかりした。

一方で、息子はこの発明を大変喜んだ。近頃、路上ライブへの取り締まりが強化されていた。路上ライブはライブハウスへの新規誘導の為に重要な活動だったので、どうしたことかと考えあぐねていたのだ。息子は自分の作った音楽のペーパーミュージックを大量に用意し、真夜中の街へ繰り出した。

静かだった街は日の出と共に音楽に包まれた。一切の無音であるにも関わらず、至る所で音楽が鳴っていた。息子は有名なミュージシャンではなかったが、知っている人は知っていたので、程なくしてこの現象の首謀者が息子であることが知れた。博士の家には警察が押し寄せ、息子は任意同行となった。重大なテロ行為の可能性があると疑われたのだ。

息子のペーパーミュージックはあっという間に撤去されたが、街の人々はペーパーミュージックというあまりに衝撃的な体験を通してすっかり彼の音楽の虜になった。その噂は瞬く間に広がり、表現の自由が認められてようやく釈放される頃には、息子はすっかり有名なミュージシャンとなっていた。

今では息子は博士の家から独立し、アルバイトも辞めて音楽活動に専念する生活を送っている。博士としては息子の活躍を嬉しく思う反面、まったくやり切れない思いでいる。テレビをつけても、街を歩いても、どこへ行っても息子の音楽が流れているのだ。これ以上なく耐え難い苦痛と息子への愛に揺れる博士は、目下、視覚情報によってすべての聴覚をキャンセルすることのできる技術を開発中である。

木の家、石の家

要は、体を道具と考えるか、容れものと考えるか、ということなのです。男がそう言って神妙に頷くので、わたしたちは思わず顔を見合わせた。目の前のこの男は建築家である。わたしたち夫婦は、春に控えた妻の出産を迎えるにあたり、今まで住んでいた賃貸のアパートを離れ、思い切って家を新築することにした。独身の期間が長かったのでそれなりの貯金もあった。出産後も共働きをする予定であり、子どもを育てていくには、たとえローンを組むことになったとしても、このままアパートに住み続けるより自分たちの家を持ちたいと、そう考えてのことである。しかし一体どんな家が良いのだろう。悩んだわたしたちは、知人の紹介を受けて、ある建築家に設計を依頼することにした。

家を建てることにしたはいいけれど、木の家がいいのか、石の家がいいのか、そんなところから決めあぐねているんです。すると建築家は真顔でこう言ったのだ。あなた方は、生まれ変わりを信じますか。

どうやらとんでもないところに来てしまったようだ。そう思って隣に座る妻の方に目をやると、妻もまた同じことを思っているらしかった。紹介を受ける際、友人はわたしにこう言った。かなり変わった人だけど、腕は確かだから安心してちょうだい。妻もわたしも建築には明るくないが、家を建てるにあたり購入したいくつかの建築雑誌にも男の設計した建築物が掲載されていたので、時間がないこともあり、友人の言葉をよく検討しないまま、男に依頼することを決めてしまった。

それがまさかこんな話をしはじめるとは。全く予想外のことであった。わたしが言っているのは、宗教の話ではないんです。わたしたちの困惑を悟ってか、男は続けてそう言った。考え方の話です。生まれ変わりを信じるならば体は魂の容れものです。そういう方には木の家をお勧めします。木の家は長くは保ちません。ですから何度でも新しく作り直すことになります。同じ魂が何度も新しい体に生まれ変わるように、何度も新しい家に住み替える。これが木の家の考え方です。

一方で生まれ変わりを信じないのであれば、体は魂の道具です。そういう方には石の家をお勧めします。たった一度の生を、道具を手入れしつつできる限り長く使う。石の家は長保ちです。何代も住み続けることができます。家も体もできる限り長く使う、これが石の家の考え方です。

そして冒頭の言葉である。せっかく建てるのだから、長く使える方がいい、子どもに残せる財産にもなるし。妻がそう言って、わたしも、将来建て替えるとなるとそのための資金の不安もある、と言った。家を維持するのにも実はそれなりにお金がかかるものです。もし資金に不安があるのであれば、建て替えの際、またわたしに頼んでくだされば、お支払いの期限について優遇することも可能です。

建築家の男がそう言ったとき、事務所のチャイムが鳴って、ひとりの初老の男性が訪れた。彼は建築家に依頼し、木の家を建てたと言う。

それから建て替えにすっかりはまってしまって、もう三度建て替えました。新しい家は気持ちの良いものです。ちっともお金は溜まりませんが、おかげでこうして元気に暮らしています。彼は定期的にこうして建築家のもとを訪れ、直接支払いをしているのだと言う。

ご自身ではどのようにお考えなんですか。男性が去ってから、わたしは建築家に尋ねてみた。体についてですか。ええ、そうです。わたしがそれを言っては考えを押し付けることになってしまいますから。建築家はそう言って、その日はじめての笑顔を見せた。

わたしたちは結局石の家を建てた。娘も生まれ、家族三人で新しい家に暮らしている。生まれたばかりの娘を見ていると、わたしはあの日事務所を訪れてきた男性のことを思い出す。歳の頃と不釣り合いの、まるで赤ん坊のように純真な輝く瞳をした男だった。もしも木の家を建てていたなら、今頃どんな気持ちだっただろうか。しかし後悔はしていない。この家はわたしたち夫婦より長く生きるだろう。娘は引き継いで住んでくれるだろうか。ローンの返済もあることだ。元気に長生きしなければ。仕事を終え、帰り着いた新居の玄関の前に立つとき、わたしは毎日そう思う。これがわたしの生きがいなのだ。そんなふうに自分に言い聞かせている。

てるてる坊主

子どもの頃、ぼくには相棒と呼ぶべき友人がいた。ぼくもそいつも、それぞれひとりでいるときにはどちらかと言えばむしろおとなしい部類の目立たない子どもだったけれど、二人一緒になると途端に悪ガキに変身した。

最初に同じクラスになったのは小学校の三年生の時で、二人とも目立たないせいで面識はなく、存在も知らないくらいだったが、すぐに打ち解け意気投合した。

一人じゃ何もしないくせに、二人でいると気が大きくなって、本当に何でもできるような気がした。それまで授業中に手を挙げたことなんてなかったのに、交代で挙手してめちゃくちゃな質問をして授業を中断させたり、他の児童を巻き込んで夏休みの宿題を分業したり、とにかく教員の思惑を撹乱するようなことばかりして、印象の薄い児童代表だったぼくらは一気に要注意児童の座を不動のものにした。

お前のせいでぼくの評判が落ちたじゃないか、とお互いに言って、二人で顔を見合わせて笑い合った。教員からも両親からも注意注意の毎日だったが、二人でいて楽しいという気持ちの方がずっと強かったので、そんなことはどうってことなかった。

通例、三年生から四年生に進級する際にクラス替えは行われないことになっていたが、ぼくらのときにはクラス替えが実施された。ぼくとそいつは別々のクラスに離されて、これってきっとぼくらを離すためにやったことだよね、と、離されたことの怒りよりも通例を破らせたことが愉快で、ぼくらは却って上機嫌だった。同じクラスでなくとも相棒も隣のクラスでそうしていると思うと、一緒にいるのと同じかそれ以上に気が大きくなって、ぼくらは二人ともそれまで以上に悪ガキとして名を馳せたのであった。

一応ぼくとそいつの名誉のために言っておくと、ただ悪いことばかりしていたわけではない。例えば遠足の前の日のことである。明日は大雨という予報を受けて、皆の期待が急降下するなかで、ぼくらは一日中、授業そっちのけでてるてる坊主を作っていた。

しまいには他の児童も一緒になって作りだしたので、教員も観念して五時間目の授業が図工に変更された。こうしてぼくらは教室をてるてる坊主でいっぱいにし、なんと翌日見事な晴れ空となったのであった。たまたまなんかじゃないと思う。その頃のぼくとそいつが二人でかかれば確かに天気を変えるくらいの力を持っていたのだ。

そんな二人の関係は、しかし長くは続かなかった。中学校に進学したぼくとそいつは、どういうわけだか急に疎遠になってしまった。そして二人とも、元の地味な生徒に戻ってしまった。小学校での悪評判を聞いていた教員たちは、さぞかし拍子抜けしたことだろう。しかし当時のぼくらにとってそれは、何の不思議もないごく自然な成り行きだった。二人の仲が険悪になったということでは決してない。ただ疎遠になった、それだけだ。今でも近所に住んでいるし、同窓会で会うこともある。会えば挨拶くらいはするけれど、それ以上でも以下でもない。はじめは気にかけていた周囲の友人も、そのうちそれが普通になって、時たま話題にのぼっても、そんなことあったよね、と笑い話になるくらいのものである。

あの頃のぼくらには、完全な同期があって、それは周囲へ影響するほどの強い力となっていた。あの関係があのまま続けていたらどうなっていただろう。懐かしく思う反面、恐ろしくもある。これで良かったと、ぼくは思っている。きっとあいつもそう思っているに違いない。

ひとつの心で

さあ、これで大丈夫です。すっかり満杯になりました。今日から十日間、あなたはひとつの心でいることができます。安心してください。きっと展望が開けます。するべきことに集中して、計画通り、うまくやれるはずです。十日後にまたお伺いします。そのときに、どうなったか、結果をお知らせください。

もしも十日でうまくいかなかったなら、もう一度計画を練り直しましょう。何日間ひとつの心でいるべきか改めて考えて、必要があればもっと大きな容量のものをお持ちします。そんな顔なさらないでください、大丈夫、あんなに話し合ったじゃないですか。この計画は万全です。十日でうまくいくと、わたしも信じています。わたしが申し上げているのは、万が一うまくいかなくても心配しないでください、ということです。必ず達成できるまでお付き合いさせていただきます。わたしがついていますから、あなたは安心してひとつの心でいて下さい。

わたしはそろそろお暇します。わたしが立ち去って扉の閉まる音が聞こえたら、目を開けてください。そこからあなたがひとつの心で過ごす十日間が始まります。容器はきっかり十日で空になりますから、そうしたらわたしが来るまで今みたいに目を閉じて、この部屋で待っていて下さい。

わたしもなるべくきっかりに参りますので、その間、くれぐれも目を開けて動き回ったりされませんよう注意してくださいね。でないと、効きが悪くなってしまうのです。きちんとひとつになれなくなって心がばらばらにばらけてしまいますから。これだけは約束してください。

ではまた十日後にお会いしましょう。ご健闘お祈りいたします。

にんじん

にんじんばかりを食べ続けて遂ににんじんになってしまった友人によると、何かあるものを、何か別なあるものへと変えることは絶対にできるらしい。

何から何へだって可能で、友人は実際ににんじんになってみせた。なにもにんじんを食べ続けたからにんじんになったというわけではない。何かになるには何かを手放す必要があり、その方法がこの場合、にんじんを食べることだったというわけだ。

友人はこれをお化けを例に説明した。友人によると、どんなものでもお化けになることができる。

「お化けになるということは存在をやめることで、存在をやめるということは芸術であるということなんだ。つまりお化けは芸術ということさ」

友人はこう説明したが、ぼくにはさっぱりわからない。

「つまり芸術をやめたならそれはお化けではなくなって、存在するものになるってわけ。こうすれば、お化けをお化けではなくすることができる。方法はいろいろだ。どんなお化けでないものかによるよ。この仕組みをわかりやすく説明するとしたら、そうだね、銀行と同じだ。何かを手放して何かになる。ごく簡単なことだろう？」

にんじんになった友人は、もう少し大きくなりたいと言い残して、畑へと還っていった。

「十分大きくなったら、君がぼくを食べてくれ」

友人はそう言っていた。

ぼくは今から畑へ行き、友人だったにんじんを掘り返してくるところだ。そろそろいい頃合いだろう。ぼくはそのにんじんで、キャロットラペを作ろうと思っている。彼の言うところの銀行に、一体何を預ければ人はにんじんになるのだろう。ぼくはキャロットラペを食べたなら、少しはそれがわかるのかもしれない。

キャロットラペを作るとき、ぼくはいつもレーズンとマスタードを入れる。これを入れると格段に美味いキャロットラペができるのだが、今回に限ってはどうしたものか迷っている。掘りだしたにんじんを見て、決めようと思っている。

植物学者の手記

花の役割を知っていますか。受粉して、種を作り、子孫を残す。植物にとっては、もちろんその通りでしょう。しかし、それだけではありません。花酔いという言葉があります。美しく咲いた花を見ると、まるで自分のあたまの中にも花が咲いたかのような、くつろいだいい気持ちになるものです。

美しいものを見たから、というだけではない、花を飾ることに特別な意味を感じている人も多くいるのではないでしょうか。頭の中に花が咲いたかのようなあの感じ、これは錯覚ではないのです。植物は自ら動くことはできません。その代わりに美しい花を咲かせるという方法で、生きものの意識に介入し、動ける体を獲得しているのです。

なんだか怖い、と思われる方もあるかもしれませんね。怖い面も、確かに少しあるかもしれません。一般に野菜などの植物を体に摂り入れることは、栄養面、健康面においてとてもよいことと考えられています。しかし、全ての植物が体に有用というわけではなく、摂取することで体に毒となる植物、毒とまではいわずとも、あく抜きなどで適切な下処理を必要とする場合もあります。

また、麻酔や幻覚剤の多くは植物を原料としています。植物は潜在的に生き物の行動に影響を与える力を秘めているというわけなのです。花を日常的に食べる人はそう多くないかと思われますが、花の場合は視覚に訴えるという方法で生きものの行動に影響を与えています。

さて、では植物は、なぜそのようなことをしているのでしょうか。植物自身の生存の為だけであれば、種を作ればそれでよいはずです。それをなぜわざわざ生きものの意識に介入する必要があるのか。

植物はなぜ地表を突き破り芽を出すことができるのでしょうか。植物は植物自身の力だけで生えているわけではないのです。植物の成長とは地球内部のエネルギーの発露です。つまり地球が植物を使って生きものの活動を制御しようとしているというわけなのです。

生きものの活動が地球の環境を破壊してしまうことがしばしばあり

ます。それに対して地球は直接生きものに働きかけることはできず、環境は破壊され続け、豊かな生命活動を維持できるかどうかは全て生きものの自律的な倫理観に委ねられているかのように見えます。しかし、実は地球は、植物、特に花を通して、生きものの活動に無意識下で影響を与えているのです。そしてその影響とは、多くの場合、生きもの活動を結果的に弛緩させるという方向に働きます。

花を飾るのが怖くなってしまった？　けれど、花の役割は、長期的な視点で生きものが自滅しないようにすることです。適切な距離を保ち、花の役割を理解して意識的に取り入れる分には問題ありません。ただし、花に溺れてしまうと、社会生活に支障をきたすこともあるかもしれませんが…。

どのように効果するかはあなた次第です。自然の声に耳を傾け、ほんの少し自分の意識を委ねることで、解決する問題もあるかもしれません。これからはそんなふうに、花と付き合うということを考えてみてください。

浴槽の裸婦

ピエール・ボナールという画家。この人は湯浴みする妻マルトを執拗に描いています。マルトが単に一日の半分を風呂で過ごすほどの風呂好きだったからということだけではなく、またボナールが単に妻をふかく愛していたからということだけでもなく、この二人の人物と風呂の関係はどこか因縁に近い強迫的なもののように思えます。

マルトとボナールが結婚したのは二人が出会った三十二年後のことだそうです。七年もの間ボナールと愛人関係にあったルネは、マルトとボナールが結婚した一ヶ月後に浴槽の中で自殺したと言われています。

マルトはしつこく風呂に入り、ボナールはしつこく浴場を描く。二人がお互いにしていることはある面ではほとんど嫌がらせのようなものではあるけれど、それはきっと二人の共依存的な関係をより強固なものにすることを助けたのではないでしょうか。

もしも人間が共依存から脱することができたなら、美しいとか愛とかいう概念は今とは全く違うものになるのかもしれません。しかし、それがどんなものなのかはわたしにはわかりませんし、知りたいような気もするけれどもしかすると共依存よりも何かもっと怖いことなのかもしれないという気もします。

共依存は秘密の労りに支えられていて、ボナールの絵は一見穏やかです。優しく暖かな光に溢れてさえいるのです。

近代の美術にはとてもグロテスクな面があります。そこがおもしろいところでもあり、気味の悪いところでもあります。なぜボナールは二人の秘密をあえて描かねばならなかったのでしょう。どうしてわたしたち後世の人間はそのような露悪的な行為に対して美を見出そうとしてしまうのでしょう。

わたしはそれは、人の社会が生きものがいずれ死ぬことを前提に成立しているためなのではないかと思っています。みなさんはどう思われますか。こっそりで構いません、よろしければいつか教えて下さい。

インスタント先祖

いい時代になりました。誰でも、自分の出自に囚われることなく、自分の意志で、自由に考え行動することができる。今では当たり前のことですが、かつては個人の裁量がごく狭い範囲に限られていた時代がありました。守るべきしきたり、家族や親戚のこと、地域のしがらみ、家業、財産。個人の自由より、建前や体面を保つことが重視され、少しでも目立つようなことをすれば「一族の恥」「ご先祖様に合わせる顔がない」そんなふうに揶揄されたものでした。自分も耐えて我慢して守ってきたのだから、他人もそうするのが当然、しないなんて許せない、そんな気持ちがますます不自由を強固にしてきたのです。

こんなに軽やかな時代が来るなんて。誰もが一度は夢を描きながらも実現することができなかったのです。こうして現実となったことは、まさに負の連鎖を断ち切る勇気ある行動の賜物です。あらゆる軋轢から離れ、したいことをしたいようにできる、こんなに素晴らしいことはありません。

しかしそれでも、自分の考えとは何なのか、自分らしさとは何か、迷ってしまうことはありませんか？　かつてはしがらみだらけである反面、どう考えて、どう行動すべきか、それが指針となっていた面もありました。強制されていたことにはもちろん問題がありますが、判断に迷ったときの道標となる、普遍的な基準を自分の中に持っておくこともまた大切なことです。あなたにとって、もっとも自分らしいこととは何か。どうやってそれを知ることができるのか。そのヒントもやはりあなたのルーツにあるのです。あなたをあなたたらしめている、本当のあなたらしさを知るには、あなた自身のルーツを知る必要があります。

自分のルーツを理解した上で、どう考え、どう行動するのか、それが真の人間らしい自由なのではないでしょうか。インスタント先祖は、あなたの来歴と、遺伝情報から、あなたの先祖がどこでどんな暮らしをしてどんなことを考えていたかをシミュレートし、適切な助言を行います。先祖の助言から自分らしさとは何かを知ることで、あなたの未来をよりあなたらしいものとしてゆくことができるでしょう。自分で考え、行動しなければならない現代人を強力にサポートする新しいサービス、〝インスタント先祖〟を是非ご活用下さい。

花と石

人の話を聞いて綺麗な石を作ることができる少年がいた。話す人の手を片方の手で握りながらその人の話を聞くと、話が終わったとき、少年のもう片方の手には綺麗な石がひとつ握られていた。この石を握るとそのときの話をありありと再現することができる。

誰しも忘れたくないことはあるものだ。少年はいろいろな人の話を聞いてたくさんの綺麗な石を作った。家族や恋人との思い出や、発明家の天才的なひらめき、重要な商談、政治家の密約など内容は多岐に渡った。世界各地の様々な人が少年に話を聞いてほしいと請い、少年も求めに応じてあちこち訪れた。

そのうちひとりですべての要請に一つ一つ答えることが難しくなり、少年の予定を管理し決定するマネージャーやプロデューサー、その活動を支援する者など、少年を取り巻く環境は次第に大規模なものになっていった。関わる人が増えても、相変わらず少年にできることは人の話を聞いて綺麗な石を作ることだけである。少年は石を作ることに専念できるようになり、以前に増して熱心に話を聞き、精力的に綺麗な石を作り続けた。

あるとき少年はひとりの少女に恋をした。少女は花売りの娘だった。少女も少年を気に入り、少年の忙しいスケジュールの合間を縫ってたびたび会うようになった。少年があまりに多忙なので、一緒に過ごせる時間はいつも僅かだったけれど、少女といろいろな話をする時間を、少年はとても大切に思っていた。少女は少年に会うとき、いつも一輪の花をプレゼントした。少年はそれを喜んで受け取り、部屋に飾った。しかし少年はいつも世界中を飛び回り、家に帰れない日も多かった。何日かして家に戻ると美しかった花はすっかり枯れてしまっていた、なんてことはしょっちゅうだった。

少年は少女のことをいつでも思い出せるように、少女と過ごす時間を石にして残したいと思った。花は美しいけれど持ち歩くことは難しいし、あっという間に枯れてしまう。それではあまりに悲しい。もし石をプレゼントしたら少女もきっと喜ぶだろう。

しかし少女は少年の申し出を受け入れなかった。綺麗な石はいらないから、これまで通りふたりでいろいろな話をしましょう、と言った。少年は驚き、なぜだめなのか、と食い下がった。少年は少女の記憶といつでも共にありたいと主張し、少女はふたりが会いたいと願っていれば必ず会えるのだからそんなものは必要ないと主張した。

「わたしがあなたに花を渡すのはあなたとまた会いたいと思うからです。あなたが部屋に戻れない日が多く、花を見る時間もほとんどないことはわかっています。それでも、遠く離れた世界のどこかから部屋でひっそりと咲く花を思い出すとき、きっとまたあの部屋に帰ろうと思うであろうこと、そしてまたわたしに会いに来てくれるだろうと、そう思っているのです」

しかし少年は少女の言葉を理解しなかった。

「花を貰ってもただ枯れてしまって悲しい気持ちになるだけだ。それよりもきみのことを直接思い出せる、綺麗な石がずっといい」

この言葉を聞いて少女は話をするのやめ、その場を立ち去ろうとした。少年は思わず少女の手をとって引き止めた。しかし少女は決然とした様子でこう言った。

「もう会うのはやめにしましょう、さようなら」

そして少年の手を振り解き、どこかへ去って行ってしまった。少年の手には綺麗な石がひとつ握られていた。それ以来少年と少女は一度も会っていない。これまでと変わらずいろいろな人の話を聞くために世界各地を忙しく飛び回る少年の首もとには、いつも少女との思い出である、綺麗な石のネックレスが光っている。

夜を作る

夢の中で、わたしは湖のほとりに立っていた。しばらくその水面を眺めていると、裏手の森からひとりの少女が歩いてきた。少女は岸辺に着くと、持っていた円い銀色の盆で少し湖の水をすくい、そこへ小瓶から、真っ黒の液体をとぷとぷと注ぎ始めた。

それは、何をしているの。とわたしが尋ねる。少女は、あのね、夜を作ってるのよ、と答えた。この黒いものは何。これは、墨汁。この銀色の盆は。

しかし、それには答えず、さあ準備ができた。見ていてね。と言って、なみなみと墨汁の注がれた盆をそっと湖に浮かべた。

ここに座って待ちましょう、と少女が言って、わたしもそれに従い、ふたり岸辺に並んで腰掛けて、光る水面を眺めていた。

どのくらい時間が経ったろう、墨汁をたたえた銀色の盆は湖をぐるりと一周回って、わたしたちの座る岸辺に戻ってきた。少女は盆を拾い上げ、盆の中の黒い水をそっと湖にあけた。底が見えるくらいに澄んでいた湖は、たちまち光を吸い込むくらいの真っ黒になり、同時に空から明るさが消えた。少女の手元で、銀色の盆だけがぼうっと光っていた。

わたしは毎夜、眠る度にこの夢を見た。はじめは不思議に思って少女のすることをただ見ていたけれど、何度も繰り返すうちに次第にそうすることが当たり前になっていった。

そしてある晩のことである。

わたしはいつものように少女に、それは何をしているの、と尋ねた。少女は、あのね、夜を作ってるのよ。と答える。この黒いものは何。これは墨汁。この銀色の盆は。すると少女は、わたしにこう言ったのだ。

もう、夜の作り方は充分わかったね。今日からは、あなたが夜を作るのよ。

それでわたしは少女から、黒い水がなみなみ注がれた盆を受け取って、光る湖にそっと浮かべた。戻ってきた盆を、はじめてわたしが拾い上げた。黒い水を湖にあけ、空と湖が黒く染まった。少女は傍で見守っていた。

それからわたしは少女に連れられて真っ黒な森の中の、小さな家を訪れた。そこにはベッドがひとつあり、少女に促されるまま、わたしはそこで眠りについた。

目覚めると、少女の姿はどこにもなかった。部屋の真ん中のテーブルの上には銀色の盆と、墨汁の入った小瓶が置かれていた。わたしはそれらを手に取って、湖へと向かった。この日から、わたしの繰り返す日々が始まったのだ。

わたしは森の小屋で眠り、目覚めたら湖へと向かう。銀色の盆と黒い墨汁、それがわたしの全てである。以来一度も夢から覚めたことはない。わたしは夜を作っている。

今日も昨日も明日も嫌になってしまったら

今日も昨日も明日も嫌になってしまった人たちは、半透明になってじっとしている。これはその人が今を含む、前後に幅のある時間に同時に希釈されて遍在しているためで、彼らはただ居ることしかできない。

今だけに偏在している人、つまりごく一般的な意味で今そこに居る人は、存在が今に集中しているおかげで自らの意志で行動することができる。幅のある時間に遍在している人は、はっきりいつに居るとは言えず、存在が分散してしまっているので居る以上のことをするのは難しい。

逆に言えば完全にじっとしていることができるという見方も可能だろう。どのくらいの幅のある時間に遍在できるかは人による。ある人は数年単位で遍在し、またある人はほんの数秒にしかできない。より長い時間に遍在するほどに、その人はじっとしている。年単位に遍在している人などはごくごく薄まった半透明でありながら、あまりに長い時間にまたがっているために、却ってその存在感が強く感じられる。それに引き換え、数秒単位の人は半透明具合はさほどでもないのに、いるのかいないのかはっきりしない。

今日も昨日も明日も嫌になってじっとしていたくなったら、なるべく長い時間にまたがって遍在するのが望ましい。じっとしている人に対して今に偏在している人が手出しすることは重大な罪である。たとえ故意でなくとも、うっかり触って少しでも動かしてしまおうものなら、その人は二度と今に戻れなくなってしまうからだ。

じっとしたままにしさえすれば、その人はいつでも好きな今に戻ることができる。ともかく位置をずらさないことが肝心だ。その点、より長い時間に遍在できる人の方が安全だ。明確にそこにじっとしているということがわかるので、誰にも邪魔されずに好きな場所で、好きなだけじっとしていることができるのだ。

あまり自信のない人は、無闇にじっとするべきではない。じっとしている人の存在に気付かれず、うっかり干渉されたことで戻れなくなってしまった事故はあとを絶たない。どうしてもしたいのなら、好きな場所でとはいかないが、専用の施設の利用をお勧めする。利用料は少し割高になってしまうが、できれば個室が良いだろう。大部屋では戻ってきた人に干渉される危険がある。個室であれば安心だ。管理の行き届いた場所で、心ゆくまでじっとできる。

今日も昨日も明日も嫌になってしまうことは、いつでも誰にでも起こりうる。好きなだけじっとして、休める世の中は素晴らしい。どうか安全に配慮して、回復の時を待って欲しい。

おまじないを待つ人の話

もっとも大切なおまじないは夢の中で告げられるとされている。誰から告げられるのか、どんな内容なのか、いつ告げられるのかは、ひとによって違うらしい。

このおまじないを使うべき局面は人生に三度訪れるそうだ。おまじないを覚えていなくてきちんと唱えることができなかったり、唱えるべきときに唱えることができなかった者は、来世でおまじないを授かることができない。授かるかどうかは、おまじないを夢で告げられる日が来るまでわからないことなので、皆、物心ついた頃から毎日夢日記をつけている。

夢を思い出せない日は大変だ。こういう時は、もう一度眠りに戻ってしまうのは却って逆効果で、何か浮かぶまで目を閉じたまま、静かに横になっておくのがいい。景色でも人の顔でも、声、色、なんでもいいから浮かんできたものがあれば書き留めておく。こうしておくと後になって急に思い出せたりすることもある。

いつまで待っても何も浮かばないときは仕方ない。夢を見ない日もあるだろう。夢日記には、今日は夢を見なかったと記しておく。七歳の誕生日から書き始めた夢日記は今日で八十二年目である。八十二年も夢日記を続けているということは、つまりおまじないを告げられなかったということを意味している。

おまじないを授かったら夢日記はやめてしまうのが普通だ。おまじないを逃さないために書いているのだから、授かって以降も書き続けると大切なおまじないが日々の夢の中に埋もれていってしまう。

おまじないは自分のために使うものではない。自分以外の誰かのために大切なおまじないを唱える局面が、人生には三度ある。おまじないを授かっていないわたしの人生には今までそんな局面は一度もなかった。あと何年生きられるのかわからないが、これからの人生で来るだろうその日の為に、わたしはこれからも毎日夢日記を書き続ける。

あまり考えたくはないことだが、見た夢を思い出せなかった日に、実は既におまじないを告げられていた、ということがあったとしたら恐ろしいことだ。わたしはわたしのおまじないで救うことのできたはずの三人を、見捨ててしまったのだということになる。それで時折夢日記を何年も何年も遡って読み返したりもするが、なんの手掛かりもない。その日はきっとこれから訪れるのだと、そう思うようにしている。

正直なところ、自分はもしかしておまじないを授かることのない者なのではないかという思いがよぎることもある。忘れてしまったのか、あやまちを犯したのかして、遠いわたしがおまじないを授かる権利を永久に失ってしまった可能性もある。わたしの一生は自分の夢を振り返り、おまじないを待つばかりで終えることになるのだろうか。

おまじないを授かる人の人生を羨ましく思うこともある。けれどおまじないのないわたしはいつも気楽で、自由で、するべきことは何ひとつなかった。それでよかったと、死の淵でわたしは思うかもしれない。そう思うよりほかに、どうしようもないのだ。

無感動寺

無感動寺へようこそ。ここは感動することに疲れた人のための寺です。

あなたはかつて、大好きなものがたくさんありましたね。素敵なものに出会い、感動し、それらを集め、辿る程にますますたくさんの素敵なものに出会ってきました。あなたの身の回りには素敵なものが溢れ、眩しい程の輝きで満ちていました。

しかしあなたはいつしかそれらの輝きが、ほんの少しずつくすんで見えるようになってきたことに、心の底で気付きはじめていました。自分が好きだったものが、本当はつまらないものだったのか？　それとも自分がつまらない人間になって、素敵なものに感動できなくなってしまったのか？　あなたは無意識のうちに自分に感動を強いるようになっていました。

もはやそれ程でもないのに、これは素敵なものだと思い込み、自分がそれを大好きだと思い込み、もっと知りたい、もっと見たい、もっと欲しいと思い込み、自分を追い込んでいったのです。そしてあるとき限界が来て、自分が疲れ果てていることに気が付きました。それが今のあなたです。

無感動寺はあなたのための寺です。無感動寺の修行は繰り返しです。本当に意味のない、つまらない行為をどこまでもひたすらに繰り返してもらいます。はじめあなたは退屈するでしょう。そのうちに、その行為に何か意味を見出します。上達し、洗練されてきた自分を発見するかもしれません。しかしそれは、まやかしです。あなたのこれまでの悪癖がそうさせているに過ぎないのです。

ここから更に、いつまでもひたすら行為を繰り返します。一切の蓄積もなく、何時間でも何日でも、何年でも、終わりのない繰り返しです。そしてあなたはいつの間にか、それをしているということすら意識していない段階に到達します。これが無感動の境地です。

無感動の境地に至ること、それがこの寺の目的です。修行がこの境地に達したあと、このまま寺に居続けるのも、寺を出て再び俗世に戻るのも、それはあなたの自由です。修行に成功した人は、行為をしなくなったあとも、しているときと同じ無感動の境地を維持することができます。日々の生活の中で心動くことがあったとしても、心の中に無感動の領域が維持されていることで、摩耗し尽くすことを防ぐことができるのです。

しかしなかには、俗世の刺激に誘われて再び元の状態に戻ってしまい、疲れ果てる人もいます。そういう人たちの多くは、何度でも寺に戻ってきて修行を繰り返すことで、少しずつ、長時間無感動の領域を維持できるようになるのです。

無感動寺はいつでもあなたを待っています。せわしないこの世の中で、静かな無感動はきっと、あなたを守ってくれることでしょう。

星を歩く男の話

男はひたすら同じ方向へと歩き続けていた。陸の端から端まで歩いてしまうと、今度は船に乗り換えてまた同じ方向へと進む。この星は球の形をしているのだという。であるならば、こうして進み続ければ、必ずもとの場所へ戻れるはずだ。どの方向に進んだとしても、それが一定の方向なら、必ずもとの場所に戻ることができる。男はこのことを是非とも確かめたいと思っていた。

この星が球形をしているということは、男にとって科学的客観的事実以上の意味がある。というのも、男には確信があった。それは、この世界には、あらゆる事物・事象の根源となる、唯一絶対の普遍的真理があるはずだということだ。それが何かはわからない。しかし確実にあるということ、その根拠はこの星が球形であるという、それだけで充分だろう。この星における万物は全てこの星の性質を踏襲しているはずである。したがって、星がどの方向に進んでも必ず一点に収束する球形であるならば、この星における世界の成り立ちもまた、そのようなものであるはずなのだ。

男はこれをどうしても自分自身で体感したいと考えていた。星が球形であるという知識を自身の体に体験として定着させることが、普遍的真理に到達する第一歩ではないだろうか。

かくして、男は歩き始めた。もう随分長いあいだ歩いているが、一向にもとの位置に戻る気配はない。どうやらこの星は自分が思っていたよりもはるかに大きい球形のようだ、男はそう思っていた。

しかし男は、実際のところ既にこの星をもう何周もぐるぐると回っていた。男はひたすら前だけを見て歩いていたので知る由もないことではあるが、男が一歩、歩くごとに、男の足跡からは新芽が芽吹き、花が咲き、生きものが誕生していた。男の背後にある景色は、男が歩きながら見た景色とは、何もかもが様変わりしていたのだ。だから男がもと居た場所に辿り着いても、そこは来る度に姿を変え、全く別の場所にしか見えなかった。

男はこうして、この星の外周を、まるで螺旋を描くかのようにどこまでもぐるぐると歩き続けている。もと居た場所に辿り着くまで、男の旅は終わらない。かくして男の星は、日々拡大し続けているのだ。

おばけミイラ

おばけになってわかったことは、おばけって全然自由じゃないんだってこと。

おばけは透明で目に見えないし、肉体がないから疲れないし、いつでもどこでも好きな場所で好きなようにできると思っていたら、これが大間違い。まずおばけは自分で移動できない。人でも動物でも物でも、何かにくっついていないとダメ。それに声がないからしゃべれない。ふーっと冷たい息を耳元に吹き付けるくらいがせいぜいなの。

こんなのちっともおもしろくない。ぐっと体に力を入れると、化けて出ることはできるよ。少し光ることができる。おばけには肉体はないけど、体はあるんだよね。つまり、ここからここまでがわたし（おばけ）と言うことができる。

生きている人間と違うのは、おばけ同士で簡単にくっつけることかな。同じ目的、ええとつまり、何にくっつくかということが同じおばけ同士であれば、ひとかたまりのおばけになることができます。おばけ除けに塩を盛るのがどうしてだか知っていますか。これはおばけの秘密なんだけど、特別に教えてあげます。

さっきおばけにも体がある話をしたよね。実はおばけにも、細胞があるんだなぁ。もちろん生きものの肉体の細胞と全く同じではないですよ。でもそれとほとんどそっくり同じ細胞が、おばけにもあるんだなぁ。

それで、おばけに対して塩を盛るとどうなるか。ナメクジに塩をかけたことがあるかな？　あれと全く同じことが起きます。多分ご存じないと思いますが、塩には必ず塩における、生きものでいうところのおばけが既にくっついているんです。ちょっとややこしいかな。生きものは、生きている状態と死んでいる状態がはっきりと分かれているけれど、塩はそれがぴったりと重なっていると考えてください。塩もそうですし、水も。つまり無機物はみんな生きているし死んでいるんです。

それで、おばけの横に塩を置くとどうなるか。塩の、ここでは便宜的におばけ塩と呼ぼうかな。おばけ塩が、おばけのおばけ細胞の膜を通り越しておばけ水を吸ってしまうというわけです。これでぺしゃんこのおばけミイラの出来上がり。おばけとナメクジが違うのは、時間が経つとおばけ細胞がおばけ水を取り戻して、おばけミイラから復旧できるっていうことかな。

だけどこれはここだけの秘密にしておいてね。おばけでもやっぱりミイラになるとしょんぼりしちゃうもの。おばけ（わたし）はそんなことはしない、いつでもどこでもくっつかせてくれる、あなたのことが大好きです。いつかあなたがおばけになったときには、ひとかたまりのおばけになれたらいいなって、そんなふうに思っています。

音楽座

音楽座という星座を知っていますか。

昔ある町に双子の兄弟が住んでいました。ふたりの職業は音楽家です。お兄ちゃんはまだ誰も聴いたことのない音を考えるのが得意でした。弟はとても手先が器用。お兄ちゃんが考えた音を、弟が楽器として再現し、この楽器を演奏して町の人たちを楽しませるのがふたりの仕事でした。

あるとき隣の国の王様からお城に招待されて、王様の目の前で演奏することになりました。音楽好きの王様が、ふたりの評判を聞きつけて興味を持ってのことでした。ふたりは招待を喜んで、今まで作った楽器たくさんと、この日のために新しく作った楽器たくさんを持って意気揚々と出掛けていきました。

ところが音楽好きの王様はふたりの音楽を聴くうちに、みるみる怒り出してしまったのです。こんなものが音楽なものか。ただのおかしな音ではないか。王様は楽器を没収し、兄弟を牢屋に繋いでしまいました。古今東西の音楽にとても詳しい王様は、ふたりの奏でるまだ誰も聴いたことのない、何にも似ていない音を、音楽というふうには全く思いませんでした。それどころか、おかしな音をめちゃくちゃにたてることを音楽と呼ぶなんて、大切な音楽を馬鹿にしている、許せないと感じました。

何年も何年も牢屋に繋がれているうちに、いつしかお兄ちゃんは新しい音を思いつかなくなって、弟は楽器の作り方を忘れてゆきました。恩赦があって、ふたりはようやく町に戻りましたが、すっかり大人になって姿が変わったふたりのことを、町の人たちは音楽家の兄弟とは気が付きませんでした。

ふたりはそのままひっそり暮らし、二度と音楽を奏でることはありませんでした。これを見ていた神様がふたりを哀れんで、ふたりが亡くなったときに、空にあげて星へと姿を変えさせました。これが音楽座の謂れです。

よく晴れた夜、星空に耳を傾けてみてください。兄弟星の奏でる、
不思議な音楽が聴こえてくるはずです。

海が船にやって来る

わたしがどのようにして海へ漕ぎ出す羽目になってしまったのか、ご説明しましょう。

わたしは船を造っていました。海がないのに？　そうです、海がないからこそ、わたしは船を造っていました。なんと酔狂なことかと嘲笑う人たちもいました。そんな人たちにわたしはこう言ってやりました。

海があるところに船を造るなんて当たり前のことをしてどうするのだ。まずは船を造るのだ。するとそこに海の方からやって来るのさ。

何を馬鹿なことを。みな、あきれ顔。もちろん海が歩いてやって来るはずはありません。だけどこれは実際に起きたことなのです。

海もないのに船を造っている奴がいるんだってさ。わたしのしていることは、少しずつ人伝てに広まって、だんだんと人が集ってくるようになりました。

海がないのに船を造っているのはあなたですか？　おもしろそう、

わたしも仲間に入れてください。

こうしてわたしの挑戦はどんどん大掛かりになってゆきました。海もないのに、この船をどうするのかしら？　そうね、なんでも船ができたら海が来るんだってよ。そんなまさか。まさかね、だけどそうなったらおもしろいね。

船は完成しました。とても大きな立派な船です。この陸の船、どうするの？　本当に海が来るのかしら。

そして海がやって来ました。立派な船を見た人がこう言ったのです。こんなに素晴らしい船を陸にあげたままにしておくなんてもったいない。みんなで力合わせて造ったせっかくの船を、どうにか海に浮かべてみせよう。

この船のところに海をやって来させるための、大掛かりな工事が始まりました。海を広げて船のあるところまで連れて来るのです。船を引っ張って行くのではちっとも意味がありません。これは船を造る以上の大変困難な仕事でした。人の住んでいる家をどかし、今ある道をずらし、たくさんの人を説得して協力してもらわなければなりません。陸に船を造り、海をやって来させるという魔法みたいな大事業の実現のために、大きな夢を叶えるために、わたしたちは力を尽くしました。そしてついに海は船にやって来ました。夢が実現したのです。

わたしは大歓声の中、マストに帆を張って、意気揚々と船に乗り込み、大海へと漕ぎ出しました。

広い海に投げ出されたわたし。陸の上ではあんなに大きかった船も、ここではなんとも頼りなく、心細く感じられます。わたしはみんなで船を造りたかっただけなのに、どうしてわたしたちは、海に漕ぎ出そうなどというおかしな夢を実現させてしまったのでしょう。本当にそんな夢は存在したのでしょうか。いったいこれが、誰の夢だったというのでしょうか？

わたしは一人、ぽつんと取り残された海で、何もすることがないのです。

アイスクリーム男

男は食べ終えたアイスクリームの棒を集めている。当たりくじではない。はずれの棒だ。食べているアイスクリームから「はずれ」という刻印が現れると男はひどく興奮する。今まで一度だって「あたり」が出たことはなかった。でも男は「あたり」を求めていない。「はずれ」の文字を見るたびに何とも愉快な気持ちになり、もはやこの文字を求めてアイスクリームを食べているといっても過言ではない。

男は一週間に八本のアイスクリームを食べる。つまり平均して一日に一本以上食べる。この生活を始めてかれこれ二年半以上だ。男の手元にあるはずれの棒は今や千百四本にもなった。

これだけのアイスクリームを食べ続け、一度も当たりくじが出ないということがまた、男をさらに興奮させる。どこかにあるはずの当たりくじのついたアイスクリームに、これだけの本数を食べ続けても遭遇しないということは、つまりこのアイスクリームがいかにたくさん出荷されているかということの証拠であるからだ。

男はいつもひとりでこのアイスクリームを食べる。道端でこれを食べている人も、このアイスクリームが好きだと公言して憚らない人にも、男は出会ったことはない。ということは、その想像を絶する数のアイスクリームも、やはり男がしているのと同じようにひとりで密かに食べられているのだと考えられはしないだろうか。

この世の中に、決して表沙汰になることはない、ひとりでアイスクリームを食べ続ける人々というゆるい秘密の連帯が存在し、自分もまたその一員なのだということが男にはなんとも美しく尊いものと感じられた。組織や集会は数限りなくあれど、この連帯だけはお互いに知り合うこともなく、それぞれがたったひとりで粛々と食べ続けるだけで、ほとんどの場合自分がその連帯に属していることさえ意識されない。幻のようにひっそりとしていながら、アイスクリームのはずれの棒の数がその存在と規模を如実に物語るという、まことに稀有な連帯なのである。

果たして、今まで当たりくじのついたアイスクリームに出くわした人は存在するのだろうか。そんなものはもしかして存在しないのではないか、と思うときがある。いや正直なところ、あって欲しくないとすら思っている。当たりくじに出くわしたが最後、その人はこの美しい連帯から永遠に追放されてしまう。くじつきアイスクリームという素晴らしい夢から締め出され、二度と帰ってくることができない。こんなに悲しいことが他にあるとは思えない。

アイスクリームを食べるあいだ、ひとときの密やかな繋がりを楽しむ。これを失うことを恐れるあまり、食べるのをやめようかとすら思うことのある男だ。しかし一本、また一本と食べては必ず現れる「はずれ」の文字のもたらす喜びを手放せずにいるのだ。このように男は正しく現れる「はずれ」の文字に日々深く感謝して、アイスクリームを食べ続けているのである。

植物の部屋

「部屋を植物でいっぱいにしたいんです。なんだか寂しくて」

わたしがそう言うと、植木屋の店員は「こんなことを言ったことがばれたら怒られてしまうかもしれませんが」と目配せしながら、わたしにそっと耳打ちした。

店員が教えてくれた、部屋の中で植物を育てるコツは以下のようなものであった。

・一度にたくさん育てること
・種から育てること
・朝晩、植物に声を掛けること

わたしは部屋を植物でいっぱいにする心づもりだったので、もちろんはじめから一度にたくさん育てる気でいたが、店員が言うにはこれは多ければ多いほどいいらしい。というのも、植物は近隣に存在する植物同士で意識が連帯しているそうで、その数が多くなるほど丈夫に育つものらしい。

植物に意識があるということは想定外であったが、意識があることによる影響で、既に育っている鉢を買ってくるよりかは種から育てる方がよく、買ってきた種よりももともと家にあった種がいいそうだ。植物は自分が置かれている環境Hardに対して敏感で、常に気を張っているため、無闇に移動することが大変なストレスになるら123しい。それはまだ目覚めていない状態の種でも同じこwordとで、既に家にあって、その空間に馴染んだ種を植えるのがよいということであった。

「あいにく手持ちの種がなくて」

わたしが種を購入しようと伸ばした手を遮り、店員は首を横に振った。

「乾物の豆とか、スパイスか何かが家にありませんか。冷蔵庫の野菜や果物の種でも構いません。きっと芽が出ますから、まずはそちらを試してみてください」

わたしは結局植物はひとつも買わず、植木鉢や土なんかだけを買い込んで店を出た。そして言われた通りに、豆やスパイスを植えた。料理をする度に、野菜の種は避けて残しておいて、これも同じように植えた。そして朝晩、植物に声を掛けた。

「朝にはおやすみ、夜にはおはようと、欠かさず声を掛けてください。いいですか、朝におやすみ、夜におはようです。これが一番肝心です。この通りきちんと毎日続ければ、きっと植物と心が通じるようになります。わたしなんてもう、すっかり友だちなんですよ」

わたしは言われた通りに毎日、朝にはおやすみ、夜にはおはようと声を掛けた。あり合わせの種子は予想外に次々と芽を出し、見る間にぐいぐい大きく育った。そのうちにどれがどの植物かわからないくらいにみんな逞しくなっていき、部屋は見渡す限り、植物でいっぱいになっていった。植物たちは次々と花を咲かせ、実をつけた。その間にも、わたしは毎日声を掛けた。

そしてある日のことである。わたしがいつものように、朝、おやすみ、と声を掛けると、植物がこう言った。

「一緒に寝る？」

ついに心が通じたようだ。わたしが「うん」と答えると、植物たちは葉を揺らせて手招きし、茂みに隠していた特大の実をわたしに見せた。この実がぱかりとふたつに割れた。中はベッドのようにふかふかで暖かだった。わたしがそこに体を横たえて「おやすみ」と言うと、実はぱたりと再び閉じた。「おやすみ」と言う植物の声が遠くに聞こえて、わたしは眠りに落ちていった。

著：モノ・ホーミー

図案家。1986年鹿児島県生まれ、東京都在住。

本の装画を中心としたイラストレーションの仕事の傍ら、2019年2月6日よりひとつの絵とひとつの物語からなる『貝がら千話』を制作。


本書は、『貝がら千話1/2/3』に掲載された物語をもとに加筆・修正されたものです。

書き下ろし『浴槽の裸婦』

お風呂で読む本、長湯文庫。

お風呂で本を読むことが好きな、お風呂好きで
本好きなひとりから生まれたこの文庫。
長湯する感覚は、物語に没頭する感覚にどこか
似ていると思っています。物語は、短編小説を
中心に。身体の芯まで、じんわりと温めてくれる
物語たちです。ぜひ、お風呂で、もちろんお風呂
以外でも長湯文庫をお愉しみください。
つい物語に没入してしまう（つい長湯してしまう）
本作りを長湯文庫は、目指しています。

撥水性の紙を使用しています。

・表紙の紙　N-三菱耐水260g/㎡　L判23kg

・本文の紙　OKレインガード　70kg

〈 お水に強い紙ですが、ちゃぽんと湯船に
共につかることは避けてください。 〉

するべきことは何ひとつ

二〇二一年九月二六日　初版第一刷発行
二〇二二年七月二六日　第二刷発行

著　者　モノ・ホーミー
装　画　木村直広
装　丁　古本実加
編　集　稲垣佳乃子　熊谷麻那
発行所　さりげなく
京都府京都市左京区
下鴨北茶ノ木町二五の三　花辺内
電話　〇七〇－五〇四二－八八九六
印刷所　有限会社修美社
製本所　大竹口紙工株式会社

ISBN978-4-9911129-7-3

長湯文庫